山鄉巨變
SHAN XIANG JU BIAN

山鄉巨變

第一册

原著　周立波
改編　董子畏
繪畫　賀友直

上海人民美術出版社

編者的話

當你手捧這套精美的綫裝本連環畫《山鄉巨變》時，或許會感覺既熟悉又陌生。這套連環畫的制作，我社今天完全采用了上世紀60年代首次面世時的書裝形式，當年我社的編創者爲提升、强化作爲通俗讀物的連環畫的繪畫魅力和藝術品位，下了一番功夫，動了不少腦筋。在那個特殊年代，以這種形式來制作、出版連環畫，其大膽嘗試的創新精神至今令人贊佩。這套《山鄉巨變》連環畫，能够在全國首届連環畫評奬中摘得頭名，其新穎、大氣和典雅的書裝藝術可謂功不可没。

今天，我社將這套書再次奉獻給大家時，我們作了些許調整。一是從册數上看，我們將原來的《山鄉巨變》第4册（初版爲60開本）一并收入其中，與前3册合爲一個整體。因爲這套書的文學原著分上、下兩卷，而當時作連環畫改編時，按故事内容亦分爲兩個部分，各爲3册。自1961年10月到1962年6月，前3册已完成并先出版了32開綫裝本，後3册中的第1册於1965年3月出版，餘下2册因各種原因而遭擱淺，未能延續下去。盡管作爲套書，《山鄉巨變》的故事内容欠完整，但考慮到它的繪畫魅力，我們仍將其作爲一個藝術品整體予以推出，以饗讀者。

二是在這套書中，我們又增加了一册《山鄉巨變·附録》，意在有别于以往單一的作品觀賞，爲讀者提供閱讀這套經典作品時的不同視角。該册内容分三部份——《舊話重提》、《點評選登》、《山鄉巨變第一稿》。

《舊話重提》是畫家賀友直的創作心得自述。他從題材、構思到表現方法諸方面回顧了《山鄉巨變》的創作過程和藝術思考。

《點評選登》則收入了姜維樸、顧炳鑫、沈鵬、孫美蘭等名家的評論文章（節選），以不同的視角闡述《山鄉巨變》所獨有的藝術特色，揭示了連環畫創作的規律性和特殊性，對經典連環畫給予了歷史的評價。

《山鄉巨變第一稿》是畫家從未公開展示的、與我們眼前的出版物大相徑庭的“原生態”作品，讀者看着這一幅幅綫條粗獷、構圖簡約、黑白畫風的畫稿，并與白描形式的定稿對照，你能從中觸摸到畫家藝術創作的嬗變乃至飛躍過程，可以這樣説，《山鄉巨變》的創作同時也成就了賀友直連環畫藝術上的“巨變”。

《山鄉巨變》作爲建國以來美術史上的一部經典作品，長久以來不僅在畫壇專業圈內擁有很高的口碑，在讀者心目中亦始終享有至尊的地位，且經久不衰。從編輯角度來説，能够歷史地、全方位地、多角度地展示這部經典作品的整體風貌，在原有基礎上做到整舊如舊，在編輯思路上力求推陳出新，是我們存之已久的夙願，也是我社在今天條件下，回報熱心讀者的最佳方式。

内 容 提 要

湖南省一個僻静的山鄉，1955年掀起了農業合作化的高潮。壯闊的波瀾觸動了每一個角落，引起了巨大的矛盾，在父子、夫妻之間，在每個人的心靈之内，都展開了深刻的衝突；不法分子的乘機活動，又增加了鬥爭的尖鋭性和複雜性。

農民在黨的領導下，經過激烈的鬥争，使經濟基礎、社會習俗、家庭生活、愛情觀念，以及人和人的關係都起了變化，整個山鄉出現了新的面貌。

第一册内容從年輕幹部鄧秀梅到清溪鄉開展農業合作化説起。在這個僻静的山鄉，她依靠當地的幹部李月輝、劉雨生、陳大春和群衆積極分子，宣傳黨的政策，深入細緻地做思想工作，克服農村根深蒂固的封建私有觀念，使清溪鄉的農業合作化工作邁出了第一步。

李月輝
鄧秀梅

謝慶元
劉雨生

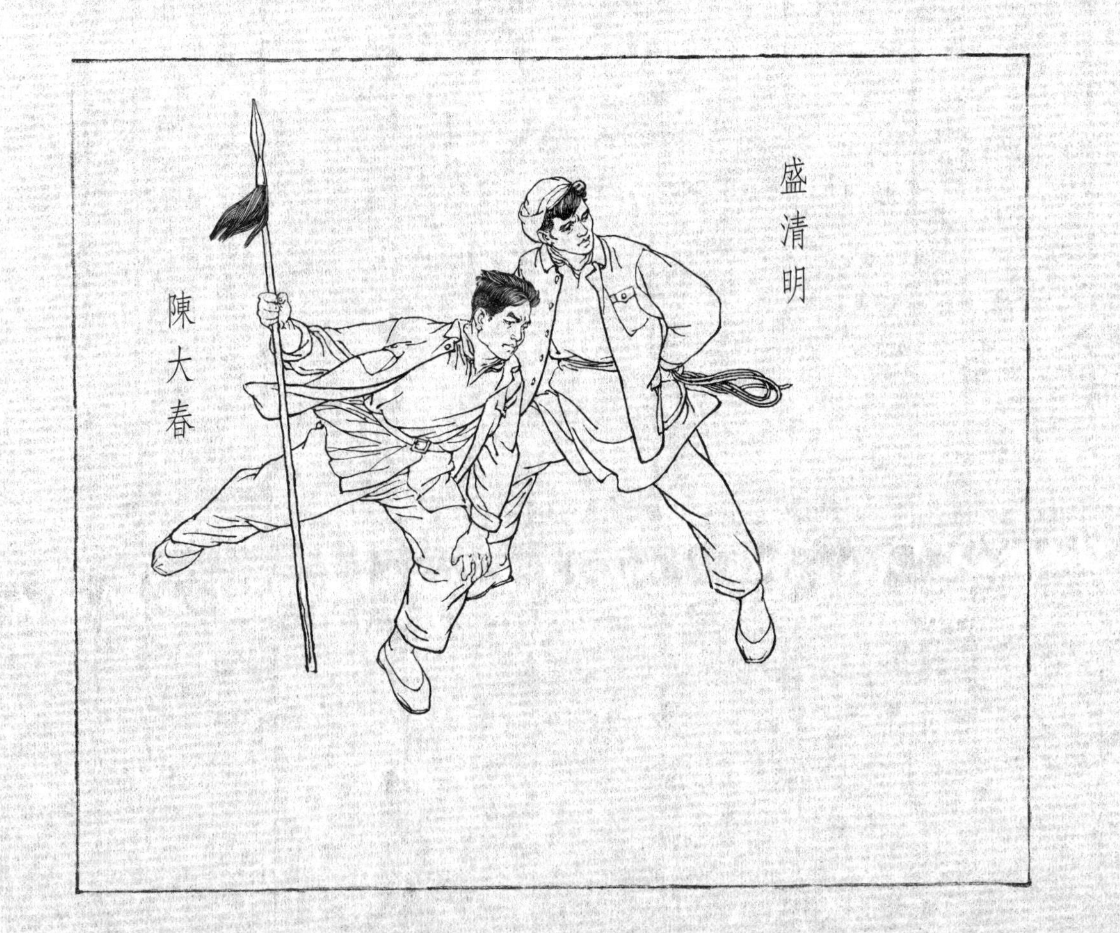
盛清明
陳大春

盛淑君
盛佳秀

亭面糊
陳先晋
菊咬金

秋絲瓜
龔子元

一 1955年初冬，資江下游的一個縣城裏開完了九天三級幹部會，幹部們分頭下鄉開展農業合作化運動。七八個幹部説説笑笑，上了渡船。艄公把篙子一點，渡船緩緩向江心蕩去。

二 渡船靠了南岸，他們挑起被包、雨傘上了岸。一個穿一身青的、二十出頭的女同志，跟大家一一握了手，含笑説：“同志們，得了好經驗，早些透個消息來，不要瞞着做私房。”

五 秀梅招呼了他，他就放下竹子，找塊石頭坐了，扯談起來。他叫盛佑亭，清溪鄉上村互助組的組員。秀梅問他把竹子掮到哪裏去，他坦率地說：“掮到街上去賣。聽說竹子要歸公了。”

六 秀梅注意地問：“哪個説竹子要歸公？”盛佑亭摇摇頭：“不曉得。其實，就算歸公，也没虧我們。解放前我一根竹子也没有，遍山遍嶺，還不是人家財主的。”

七 秀梅含笑説：“你是貧農吧？”他點點頭，又像怕人家看不起他，説：“不要看我窮，早年我也走過幾回運呢。”他嚕嚕蘇蘇扯起早年的事，臨走時又道：“同志，到了村裏，到我家玩，我們家裏常常住幹部。”

八 秀梅看他走了，也挑起被包，趕到清溪鄉。她生長在鄉下，從小愛鄉村，看到鄉裏的草垛、炊烟、池塘、草花，都覺得親切。她興致勃勃地走了一陣，看見前面一個打水的姑娘。

她一邊輕巧地往前走，一邊跟那姑娘閑談。姑娘叫盛淑君，是盛佑亭的堂房侄女。秀梅説起賣竹子的事，淑君就猜堂叔是聽信了“竹木歸公”的謡言。秀梅問：“你也相信嗎？”淑君頭直摇：“我會信它？李主席没講過的話，我統統不信。”

一二　秀梅乘機問起李主席和鄉裏互助組的情况。談談講講，走進了一條鋪滿落花、枯草的山邊路，淑君忽然問：“同志，你能介紹我進工廠嗎？”秀梅説：“怎麽？你不愛鄉裏？”

一三　淑君嘆了口氣："我本來也愛鄉下，可是這裏有人討厭我，反對我入團，我何苦賴在這裏討人厭？"秀梅說："哪個反對你入團？爲什麽？"淑君摇了一下頭說："到我家了，歇下吧。"

一四　秀梅把水桶放下，掏出手帕抹了抹臉，看看淑君充滿怨意的臉，知道裏面一定有故事。她接過行李，拉着淑君的手說："你入團的事，我替你查查。"淑君說："不，不要查了。"

一五　秀梅别了淑君，向鄉政府走去，剛進大門，就見一個壯年男子滿臉含笑迎了出來，拉着她的手說：“好幾起人告訴我，說來了一個女同志，進村就幫人挑水，我猜定是你。”秀梅笑着說：“是李主席了。”

一六　那人正是綽號“婆婆子”的鄉支書兼農會主席李月輝。他把秀梅領進辦公室，一邊倒水，一邊問：“縣裏的會，幾時開完的？”秀梅說：“今天早上作了總結，我們就分頭下來了。”

一七　秀梅從懷裏拿出黨員關係信。李月輝略微看一眼，高興地說："你來得正好，我正擔心這裏人手單薄，合作基礎又不好，會落後。"秀梅笑道："我們先談談這裏的情況吧。"

一八　李月輝向她介紹：清溪鄉原來有六個互助組，鄉團支書陳大春還搞了個自發社。今年春天各地整社，他把自發社整掉了，六個組也散了四個；剩下的兩個，劉雨生一組還好，謝慶元那組快要散了。

一九　秀梅問起原因。月輝説："那跟組長有關係，謝慶元思想作風有些問題；劉雨生却一心搞互助，老婆拖後腿，他也不管。"秀梅問："他老婆爲什麽拖後腿？"月輝説："她是圖享福的女人，嫌雨生忙互助的事，誤了自己的工，因此常常吵鬧。"

二〇　談到傍晚，秀梅把情况摸了個大概。剛决定在當夜召開支部大會，忽然外屋一陣脚步聲，衝進一個粗壯的青年，叫嚷着説："李主席，'亭面糊'這個混賬東西，聽了謡風，砍竹子上街賣去了。"

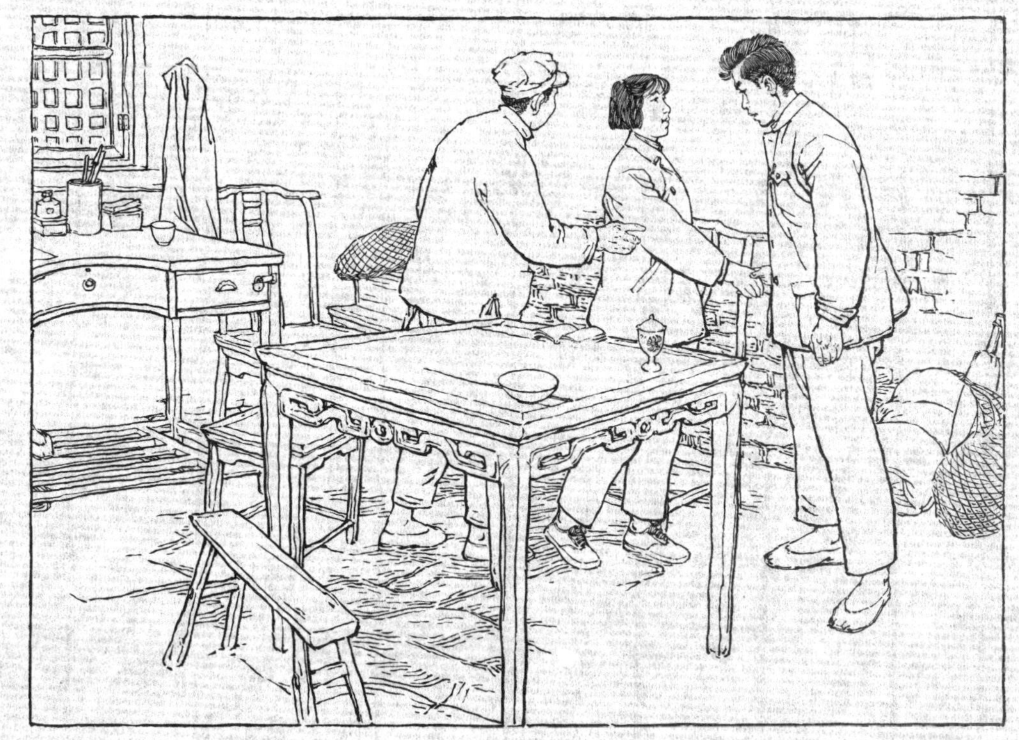

二一　李月輝笑了笑説："起了謡風，有你們民兵，怕什麼？"便站起來把他介紹給鄧秀梅。秀梅聽到是團支書陳大春，親熱地拉着他的手説："你來得正好，我要跟你談談團裏的事。"

二二　李月輝安排支部會去了。鄧秀梅聽大春談鄉裏青年團的情況，聽到發展對象裏有個盛淑君，就説："我認得，梳雙辮子的。我剛才還幫她挑了一陣水。她怎麽樣？"大春説："她樣樣都好，祇是太調皮，太愛笑了，而且……"

二三　秀梅冷冷笑道："你們男同志真有味，女同志愛笑都成罪過了。你給我把她列入發展名單裏，指定專人負責培養。"大春望望秀梅的臉色，猶猶豫豫地點了點頭。

二四　天已經暗下來，李月輝提了一盞玻璃小提燈，來叫鄧秀梅吃飯去，大春就告辭走了。秀梅説："先給我找個住宿的地方吧。"月輝説："今晚你睡在這裏，明天再安排地方。"

二五　兩人出了鄉政府，走上山道，秀梅問起盛淑君的情況。月輝説："她是個好姑娘，大春却嫌她媽年輕時候有點那個……聲名不大好聽，就對她有成見。"秀梅正色道："這做法不對頭，她母親的事，和她有什麽相干！"

二六　秀梅又問起亭面糊的情況。月輝笑道："是個糊塗人，心倒是好的。他罵起人來，像能把人吃掉似的，可没有人怕他。他家分的房子挺不差，以後你住在那裏，倒很合適。"

二九　秀梅問："這些都是中農？"雨生說："新老都有，中農就是心眼多。我們的團支書多進步，可是他的老子就抱住幾塊地不放。"正說着，忽然聽到李月輝在叫："黨員都到這裏來，開會了。"

三〇　大家走進東厢房，秀梅傳達了縣委三級幹部會議的精神，指出小農經濟經不起風吹雨打的道理和合作化的優越性。

三一 半夜過後才散會。李月輝點起了燈，説要找人來陪伴秀梅。秀梅説："不必了。"月輝道："這屋子大，你又是初來，有個人陪着熱鬧些。"

三二 月輝走後不多會，聽見有人敲門。秀梅打開門，衹見火把光裏，照出一個姑娘的嫩臉。秀梅認識就是盛淑君，歡喜地説："你來伴我？"淑君説："李主席來叫我，我高興極了。"

三三　两人一起坐了，談起村裏各色各樣的事情。後來，秀梅告訴她：“你入團的事，會重新考慮。”淑君轉過臉說：“衹怕還有人反對我。”

三四　秀梅從她的神色、語氣裏，明白她在偷偷地愛大春，笑了笑說：“放心吧，在合作化運動裏好好起些作用，就會有希望的。”淑君嘆了口氣：“這樣就好。”

三九　他的駡照例没有人怕他，學文衹管坐在後門階沿上紥掃帚，理也不理。盛媽媽忙小聲叮嚀：“孩子，去吧，把正房打掃一下，讓客人住。”他才帶着妹妹菊滿，進房收拾去了。

四〇　李月輝告辭先走，亭面糊也打柴去了。秀梅跟着盛媽媽走進正房，揩抹了一陣，鋪了被褥，從挎包裏拿出好些文件，坐在窗前看起來。

四一 秀梅雖説把伙食搭在亭面糊家裏，可是她連日忙着，直到第五天傍晚，才抽個空回到住處，剛坐下來吃飯，聽見對面山上有人用喇叭筒在喊話：“互助組員，今天晚上，開群衆會。單幹户也去……”

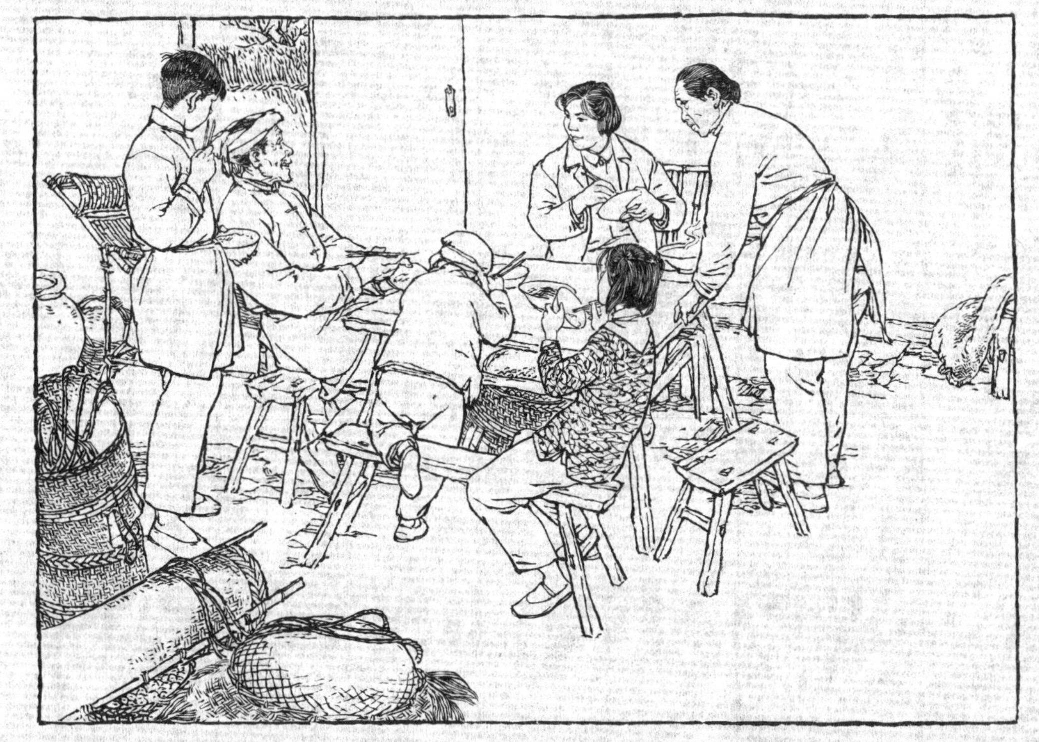

四二 秀梅含笑問面糊：“老亭，你去不去？”面糊平常不愛開會，什麽會都派他的兒子、女兒做代表。這一回，他聽了合作化宣傳，又礙着秀梅的面子，就乾脆地回答：“去，去，互助組員嘛。”

四三 吃了飯，面糊點亮了一個杉木皮火把，跟秀梅往鄉政府走去。一路上，秀梅探聽面糊對合作化的心意，覺得這個人雖糊塗，但正像一般貧農一樣，是能够全心全意跟着黨走的。

四四 今天開的是互助組擴大會，上下村分兩處開。李月輝要去下村掌握會議，把這裏的會託劉雨生掌握。他看到雨生眼裏含着憂愁的神色，就明白：準是他老婆又跟他吵了。

四五 他没有時間細問，匆匆走了。劉雨生打起精神，跟鄧秀梅、陳大春商量一下會議的開法。九點過後，互助組的八户到齊了，還來了二十一家單幹户，該來的人差不多都到了。

四六 劉雨生是近視眼，也不看筆記，就背着燈光，面向群衆，從從容容作報告。他是老黨員，心地好，吃得起虧，村裏人都擁護他。他的報告一清二楚，具體生動，很合群衆的口味。

四七 秀梅看到群衆的情緒，心裏很高興，忽然看見墻角裏有個高大的農民在不斷地打呵欠，便小聲問大春："那是誰？"大春看了看説："王菊生，綽號菊咬金，是個專想佔人便宜的中農。"

四八 秀梅聽説過這個人，是個討得媳婦嫁不得女兒的傢伙，不禁仔細瞅了他一眼。正在這時，有個短小的中年人走進會場，大家都回過頭來。大春對秀梅説："他是劉雨生的舅子張桂秋，綽號秋絲瓜，是個詭計多端的傢伙。"

四九 劉雨生講到合作化的優越性，又把群衆的頭吸引回來，他談到將來要把田塍開通，大塊田連成一片，用拖拉機，種雙季稻。群衆用心聽着，不時咕噥一句：“那多好哪！”

五〇 休息時，群衆各自閑扯去了。秋絲瓜離開大家遠遠的，悄聲跟一個青年說話。秀梅見了，疑惑地問大春：“那青年是哪個？”大春說：“他叫符賤庚，綽號癩子，又叫竹腦殼，專聽别人擺佈。”

五一 秋絲瓜發覺鄧秀梅注意上了他，便丢開符賤庚，找亭面糊閑談。面糊覺得跟單幹的中農扯談，失了互助組員的身份，他一聲不響，衹管抽烟，抽完一筒，便起身走了。

五二 重新開會前，少了亭面糊和菊咬金。討論辦社時，符賤庚説："據我看，這社是辦不好的。"秀梅問："爲什麽？"他説："一娘生九子，連娘十條心，把幾十户人家搞到一起，不打破腦袋才怪！"

五三 劉雨生說了辦社的許多好處，可是符賤庚摇着頭："我看互助組也散場算了，各走各的路；莽莽撞撞搞到一起，有朝一日壞了事，你們有老婆可賣，我還没這筆本錢……"他一邊說話一邊望着秋絲瓜。

五四 陳大春忍不住，跟他争了起來。符賤庚笑道："你争什麽？你和我一樣，還是打單身，没得辦社的老本。"大春一聽，火氣冲天，跳起身大駡："你再講混賬的話，老子打死你！"

五五 符賤庚原來怕大春，可是看見人多，曉得會有人勸架，便捏緊拳頭，破口大罵。陳大春一脚踏上高凳子，便要撲過去，却被劉雨生一把攔住。秀梅看了這情形，臉都氣紅了。

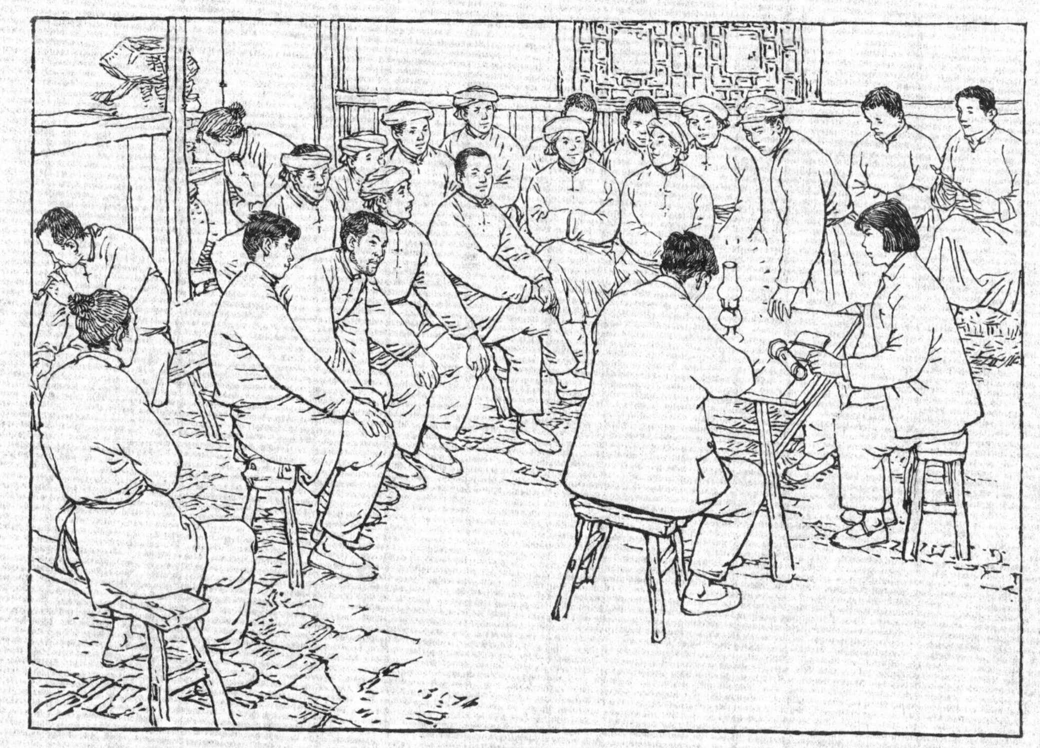

五六 她知道，該提防的不是竹腦殼，而是他背後的什麽人。她的眼光落到秋絲瓜身上，秋絲瓜還是不聲不響，埋頭抽烟。這時侯，劉雨生已把吵架的雙方勸住了。

五七 會場的秩序恢復以後，劉雨生開口說："符賤庚，你是一個貧農，剛才你說的，是聽了哪一個的話？他在不在這裏？"全場的空氣頓時緊張了。所有的人，連符賤庚在内，都一聲不響。

五八 忽然聽見從後房傳來一陣粗大的鼾聲。秀梅心裏詫異：思想鬥爭這樣尖鋭，誰有心思睡得着？她撳亮手電往後房走。

五九 往床上一照，亭面糊把腦殼枕在手臂上，睡得正熟。陳大春擠到床前，彎下腰，在他耳朵邊大喊一聲。面糊吃了一驚，坐了起來，一邊揉眼睛一邊問："什麼事？"

六〇 劉雨生說："什麼事？老亭哥真有福氣，大家吵破了喉嚨，虧你睡得着。"面糊才記起開會的事，打個呵欠說："昨夜裏没有睡好，真是一夜不睏，十夜不醒……"

六三　等到房裏衹剩下八户時，劉雨生説："今天互助組員唱大戲了，嗓子都不差。前天我還向秀梅同志誇口，説我們組骨幹多，基礎好，你們算打了我個響嘴巴。"陳大春站起來説："我認錯，我是黨員，又是團支書，不該跟他吵。"

六四　雨生的眼光轉向符賤庚："你是個貧農，解放以後才有了房子、土地。現在黨號召要辦社，你就搗亂，是不是忘本？"符賤庚不響。鄧秀梅和陳大春可都開了口，要他把背地裏跟秋絲瓜談的公開。

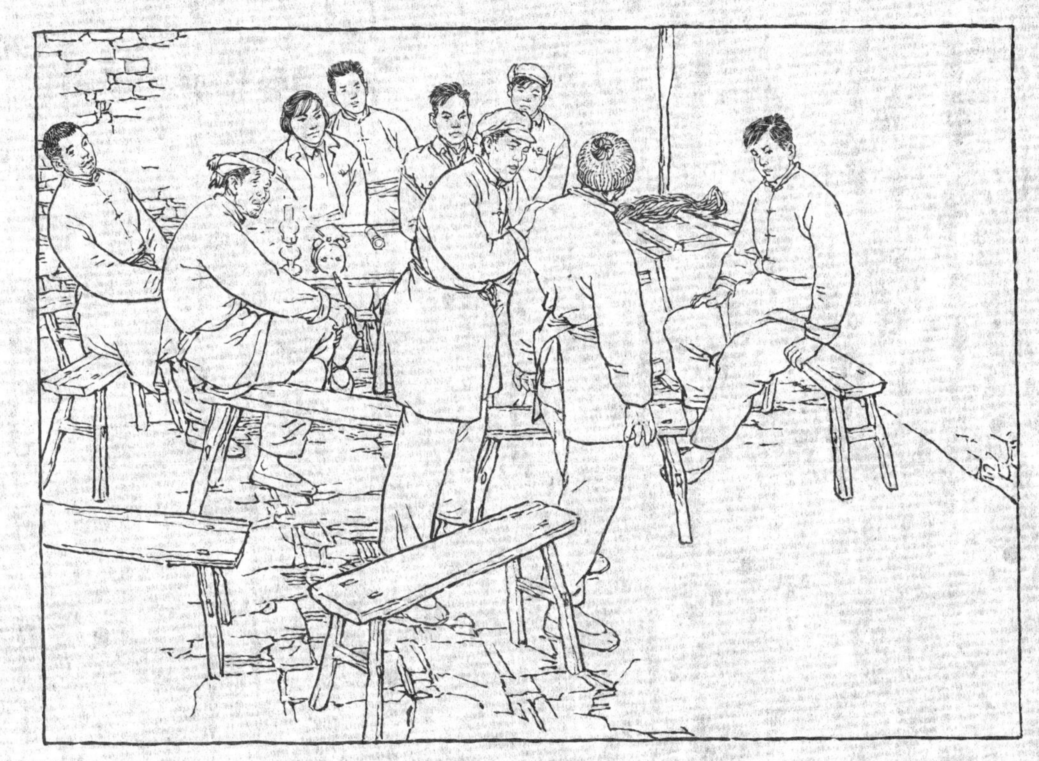

六五　符賤庚站起來嚷道："都不要說了，算我一個人錯，好不好？"劉雨生温和地說："你把你們背後的話說說吧。你的軍師是秋絲瓜，我們看得很清楚。"

六六　符賤庚被點破了，紅着臉咕噥着："是他，他叫我拆散你們的場子，跟他合夥單幹。"劉雨生說："你又被人利用了。清溪鄉的人，哪個不曉得秋絲瓜是個專使心計的角色，搞渾了水，他自己捉魚。"

六七 大家七嘴八舌地批評符賤庚，罵秋絲瓜。符賤庚低下腦殼，一聲不響。雨生見他已經認錯，就掉轉話題，瞅着亭面糊説："大家提提老亭哥的意見吧，他一聽要辦社，忙着賣竹子，這對不對呀？"

六八 大家提了意見，還有人提出面糊開會睡大覺，是散漫行爲。面糊却舒舒服服地抽烟，等大家提完了，才説："各位提的批評，都對。我打張收條，接受。"人們都笑了。

六九 散會時候，已經過午夜了。劉雨生回到家裏，祇恐驚醒他老婆張桂貞，就輕手輕脚地摸進竈間，揭開鍋蓋一看，鍋裏空空的，既没有菜，又没有飯。

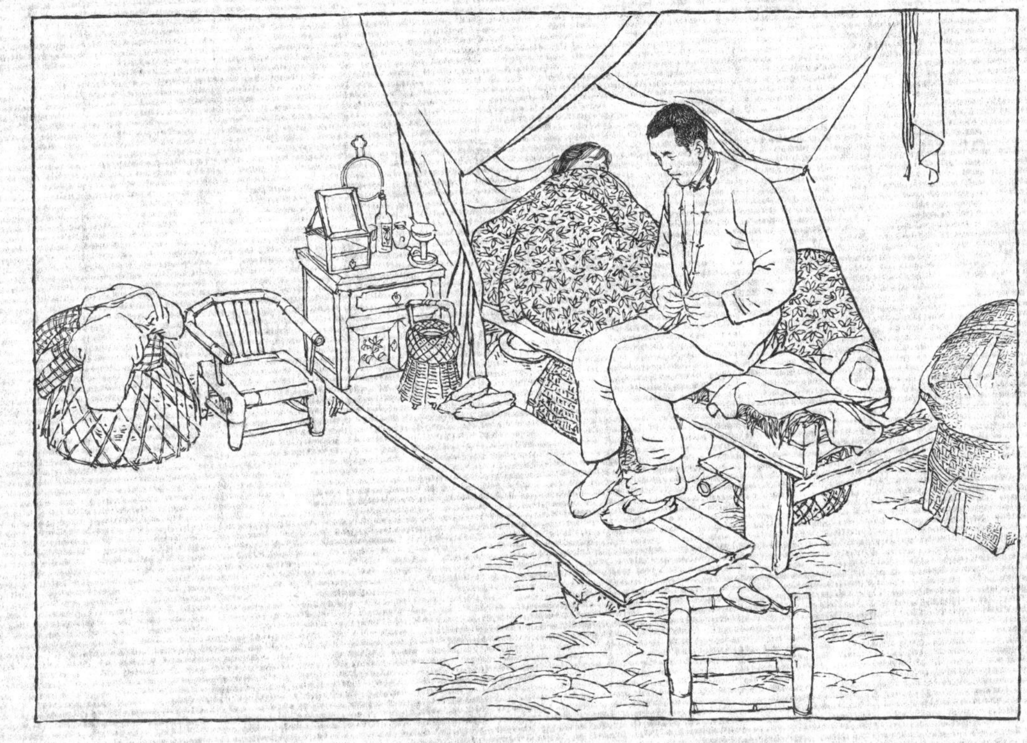

七〇 他没有做聲，忍饑耐餓地吹熄燈，正要睡覺，張桂貞翻了一個身，滿含怨意地説："你呀，哼，心上還有家？這個家，有還不如没有。"

七一 雨生一言不發，睡下了，心裏却翻騰得厲害。想到桂貞說不定會跟他鬧翻，不由得心灰意冷，打算丢開辦社的事情，可馬上又責問自己：你是黨員？你忘了入黨的宣誓嗎？

七二 他睜開眼睛，翻來覆去，想了一通宵。一直到早晨，才打定主意：不能落後，衹許爭先！不能在群衆跟前丢黨的臉，家庭即使要散，也顧不得了。

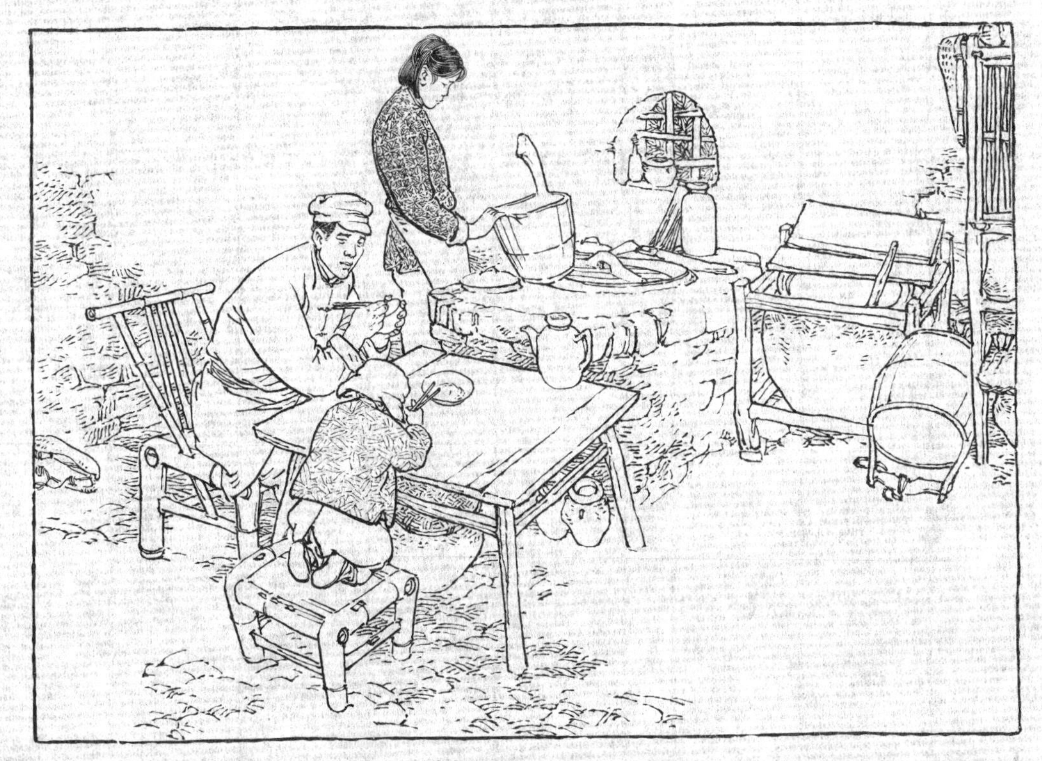

七三 第二天，他準備跟桂貞談一談。可是桂貞不聲不響，給三歲的孩子穿好衣服，牽着他到鄰舍家借了三升米，煮了一鍋飯，又炒了一碗蛋，讓父子倆吃早飯。

七四 劉雨生帶着詫異的心情吃完了飯。桂貞洗好碗筷，坐在飯桌邊，吞吞吐吐地說："今天是我媽的亡日，我要回去看看。"雨生說："亡日何必回去呢？人又不在了。"

七五 桂貞眼圈一紅，扯起衣角擦着眼睛，凄楚地説：“不，我要回去。我要抱住她老人家的靈位，告訴她，她女兒的命好苦呵……”雨生一聽，頭裏轟的一聲，他明白，桂貞决定離開他了。

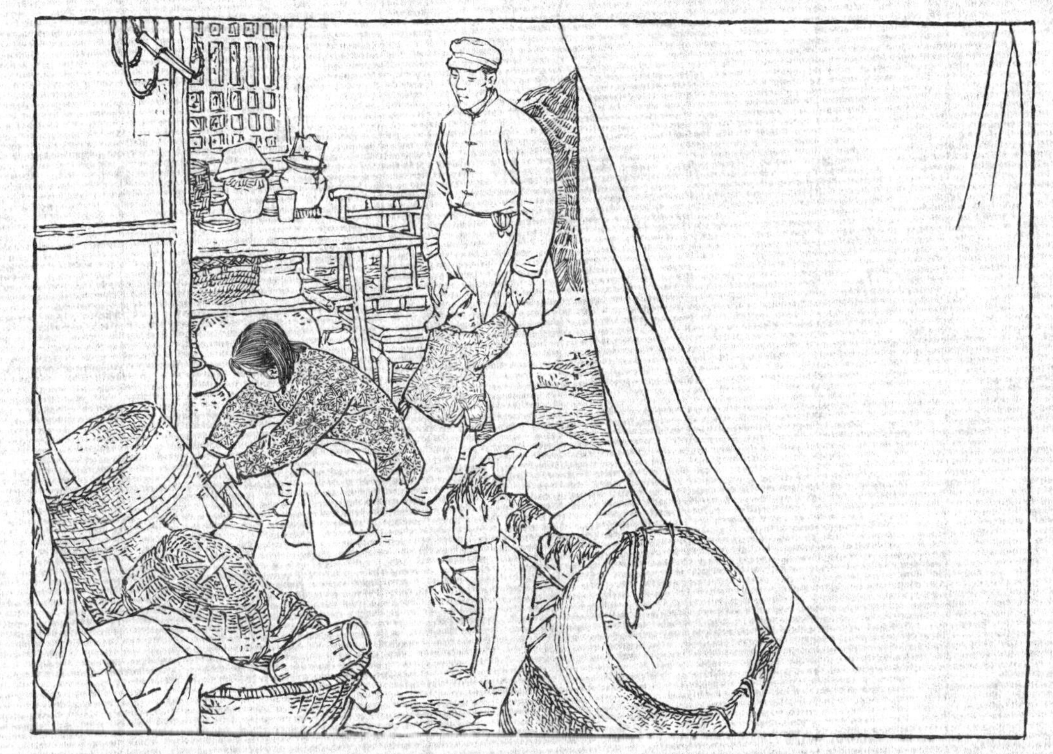

七六 他望着這個相當漂亮的女人，忍不住哭了。不過他知道，要挽回這件事，除非他不搞合作化，那對於一個共産黨員是辦不到的事。他呆了一會，桂貞却已經在收拾衣包了。

七七　桂貞帶着孩子走了，雨生跟出來，心裏亂得很。他知道，她一回娘家，她的大哥秋絲瓜一定會火上加油，這個家就散定了。他凄凄惶惶地站在那裏，不知如何才好。

七八　忽然記起今天鄉裏要組織宣傳隊，頓時把這件事丢開了，急急忙忙往鄉政府走。剛進門，聽見一陣掌聲，原來婦女們已經組成一個宣傳隊，把盛淑君選做隊長。

七九 鄧秀梅和姑娘們討論了宣傳的方式，全隊分成兩組，一組用廣播筒到各村山頭去喊話，一組寫標語和編黑板報。正討論得熱鬧，李月輝匆匆來了。

八〇 他告訴秀梅："鄉裏起了謠言。説鷄蛋、鴨蛋都要歸公，婦女都要搬到一處住。現在，治安主任下去摸情况去了。"秀梅想了想説："現在是要緊時候，要防破壞。"

八一　月輝點起一袋烟，慢悠悠地說：“别慌，翻了船不過一脚皮的水，没有什麽大不了的。”秀梅在深深思索。淑君笑道：“李主席從來不急，怪不得人家叫他婆婆子。”

八二　李月輝笑了笑說：“我有根據。我們有你那位民兵隊長，還怕什麽！”淑君叫道：“李主席你胡扯。”月輝說：“我不胡扯，你的心事我懂。看呵，别臉紅，有什麽怕羞的呢？”

八三 淑君紅着臉要來扭李月輝，月輝起身就走。出了門，又回頭望望趕到門檻邊的淑君説："我説的是正經話，你好好把合作化宣傳搞起來，那時團也入了，婆家也有了。"説完，笑着走了。

八四 這天以後，清溪鄉湧起了宣傳合作化的高潮。每天天不亮，姑娘們就帶了標語，挾着喇叭筒，踏着露水，爬上山崗，貼標語的貼標語，喊話的喊話。

八五 不過幾天，她們的喉嚨都啞了，可是工作幹得挺歡。有時鑽進單幹户家裏，坐在竈屋裏跟婦女們親親密密説話，乘便也貼上幾張標語。

八六 這一天，菊咬金從地裏回來，到猪欄屋裏喂猪，看見原來貼着“血財兩旺”那張大紅紙的地方，蓋上了一張緑紙，上面寫着：三人一條心，黄土變成金，參加農業社，大家往上升。

八七　他心裏火起，一把撕了，走到房裏問老婆：“這是哪個貼的？”他老婆說：“大概是那班小姑娘。剛才來了一大群，說什麽小龍怕風吹雨打。”菊咬金罵道：“糊塗蟲，她們說的是小農經濟，怕風吹雨打。”

八八　就在這時，對面山裏響起喇叭筒的聲音：“合作化的道路，是大家富裕的道路……”菊咬金老婆說：“你聽，這是盛家那個淑君的聲音。”菊咬金喝了聲：“以後别理她們！”便埋着頭坐下了。

八九 他想起合作化一定會給他許多麻煩，不由得心煩意亂。下午，他拿了把斧子，上山去砍柴，看到自己山地裏的一根竹子上，貼了一張粉紅油光紙的標語。

九〇 菊咬金看了，氣得舉起斧子，幾下就把竹子砍了。忽聽得後面有人叫：“哎喲，你怎麽把竹子砍了？”回頭一看，是盛淑君帶着幾個姑娘過來了。

九一 菊咬金氣冲冲地説："自己的竹子，自己不能砍？"幾個姑娘唧唧喳喳都説起他來。淑君却揭下了這張標語，走了兩步，貼在亭面糊山地的一根竹子上，標語上的字句正對着菊咬金的山地。

九二 菊咬金呆呆地望着標語喘氣。淑君把手一招，幾個姑娘都跟她走了。喇叭筒又響起來："今天，宣傳隊在鄉政府演花鼓戲，請大家去看……"

九三 轉眼到了申請入社的日期。亭面糊在清早的風裏，聽到姑娘們嘶啞的聲音：“合作化是一條光明大道呀……今天在鄉政府辦理登記呀……大家寫申請書呀……”

九四 面糊馬上向兒子下一道緊急命令：“過來，給老子寫一張稟帖。”學文照例不理，盛媽媽照例小聲地動員：“乖兒子，你去吧，聽媽的話，去幫他寫寫。”

九七 面糊特地换了件青布罩褂子，懷着申請書，往鄉政府走去。祗見鄉政府門口熱鬧得了不得。有的拿着紅帖子，有的拿着土地證，還有個傢伙掮張犁來了。面糊覺得詫異，他說："我不會寫，拿這個來表表我的心。"

九八 他們擠進會議室，祗見桌子上擺着一叠五顏六色的紙，還有幾張土地證。李月輝正在跟一個老人家說話："老師，房契請你帶回去，房屋不入社。"原來這老人家是李月輝的發蒙老師。

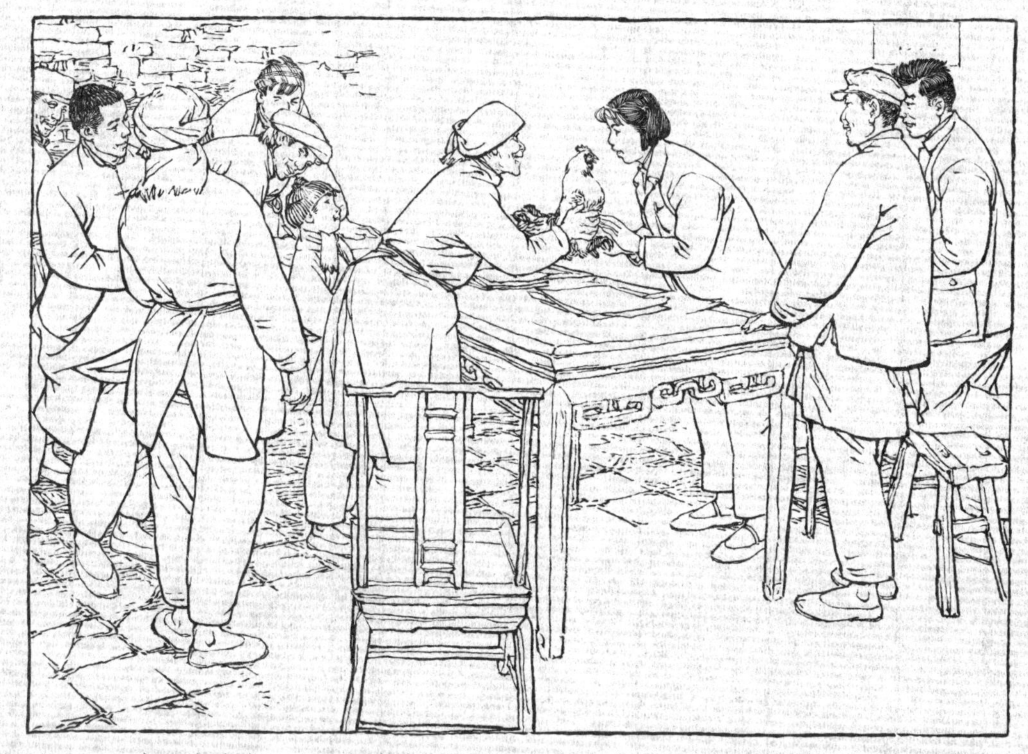

九九　老人家才走，一個老婆婆把一隻鷄塞在鄧秀梅手裏，懇切地說："這隻生蛋鷄，我也交公。"秀梅解釋道："鷄不入社，你拿回去吧。""那就送給你們吃，你們爲大家辦事，辛苦了，補一補。"秀梅忙說："哪裏可以，拿回去吧。"

一〇〇　老婆婆還要勸她收下。面糊擠上前說："他們又不是貪官，要你的鷄。請你讓開些，我們好申請。"老婆婆才收回母鷄，叨念着："好機靈的姑娘呵，鷄都不要，真是個清官……"

一〇一　老婆婆拄着拐棍走了。面糊掏出申請書，雙手送上。秀梅接來看完了，問道："你不會後悔吧？"面糊説："後悔還算人，我現在就是社裏的人了，過會砍幾擔柴火來給你們烤火。"

一〇二　面糊走後，掮犂的人送上了犂。秀梅説："你决心大，我們歡迎，但現在還没有處理耕牛農具，這犂請你掮回去。"正在談話，忽聽得外面傳來一陣鑼鼓聲。

一〇三 人們一哄跑出去看，衹見一群人敲鑼打鼓，抬着一臺禮盒走來。

一〇四 謝慶元領頭，走進鄉政府，拿出一叠土地證，恭恭敬敬遞給李月輝，得意地笑道：“我們全組的人家都來了。”月輝問：“盛佳秀呢？她也願意？”謝慶元愣了一下：“大家都入了，她有什麽不願意的。”

一〇五　馬上有人稱讚起來："老謝真行，不零敲碎打，一斬齊地都來了，多乾脆！"謝慶元得意洋洋，帶着人走了。他一走，就有人議論起來："真的都來了？""平常多的是意見，怎麽一下都進步了？"

一〇六　秀梅聽到這些議論，也疑惑不定，便問月輝："你看有没有問題？"月輝説："老謝這人，就是愛面子，要誇耀自己的能幹，工作不一定細緻。我看盛佳秀這一户，一定很勉强。"

一〇七　秀梅問起盛佳秀的情況，月輝說："她呀，實在是守活寡。男人是我的本家，出門多年，在外另外成了家，她還將信將疑，盼望他回來……"説到這裏，區裏來了人，送給秀梅一個緊急通知。

一〇八　秀梅拆開看了，是區委朱書記到了天子墳，要她和李主席明天一早去開碰頭會。秀梅把通知交給李月輝，叫劉雨生去了解謝慶元組的情況，叮囑道："要防止强迫入社，盛佳秀那户也去了解了解。"

一〇九 當天晚上，鄧秀梅開過鄉上的彙匯報會，佈置了明天工作，便回到住所，連夜趕材料。她統計了申請入社的農户，分析了全鄉的思想情況，不知不覺，窗外鷄叫了。

一一〇 她和衣睡了一下，聽到鷄叫三回，連忙起床，就出門去找李月輝。

一一一 李月輝一邊穿衣，一邊説："看你急的。我們這裏離天子墳近，別的鄉包管没有我們這樣早。"秀梅説："你不見通知上寫着，要我們趕到那裏吃早飯？"

一一二 月輝笑道："我有辦法哩，可以抄小路，近得多。"他收拾了一下，就引着秀梅上路。一路上指指點點，談今説古，不知不覺就到了天子墳。

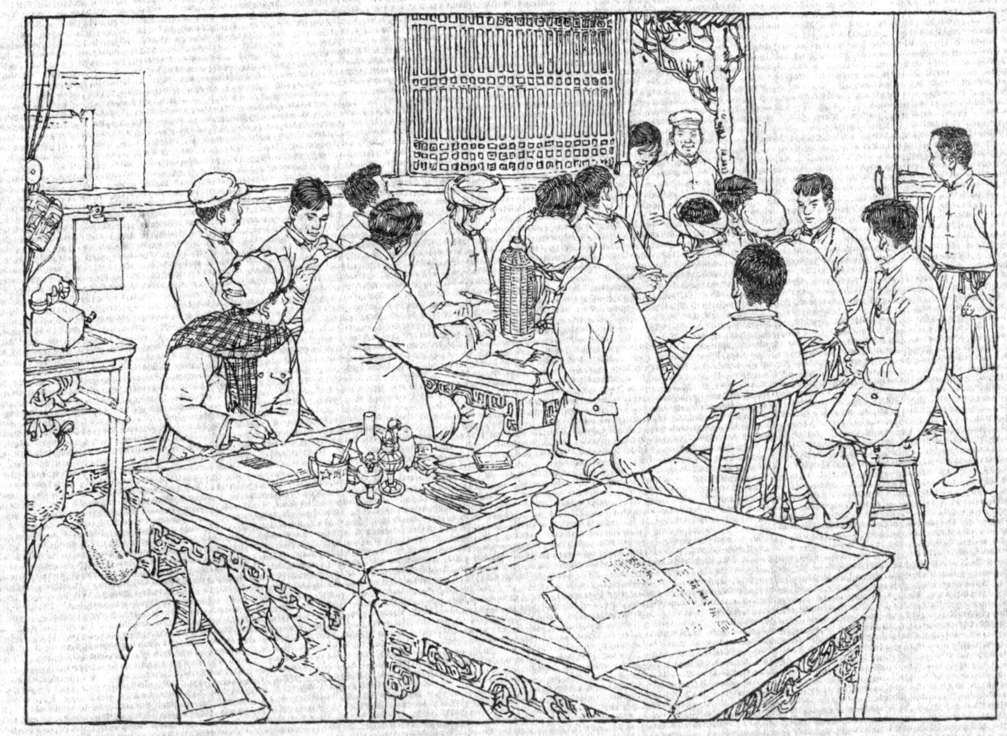

一一三 李月輝以爲起了一個早，又抄了近路，到區裏不是頭一個，也是第二名。哪裏知道，走進區委臨時辦公室，那裏早已坐滿了人。秀梅臉一熱，望望李月輝，他却聲色不動。

一一四 朱書記聽了幾個鄉的彙報，就宣佈："吃了飯再談。"大家銜進竈屋，盛飯，端菜。李月輝笑道："我説我們早，不料你們更早。"馬上有人接話："搞社會主義，不趕早還行？"

一一五 朱書記響亮地說："對啦！搞社會主義，大家要辛苦一點。這次合作化運動，中央和省委都抓得很緊。"大家都望着李月輝輕聲笑了。

一一六 早飯後，繼續開會。鄧秀梅第一個彙報，她把清溪鄉的情況談了一遍，説明縣委規劃的在清溪鄉建四個社没有問題。朱書記問："申請入社的，佔全鄉農户多少？"秀梅說："百分之四十五點幾。"

一一七 朱書記追問：“到底是點幾呀？”秀梅一時答不上來，李月輝代她回答：“大概是點五。”朱書記嚴厲地說：“這樣是大概，那樣是大概，那我們的經濟不叫計劃經濟，要叫大概經濟了。”

一一八 他瞅瞅秀梅漲紅的臉，語氣温和了一些：“講下去吧。”秀梅說了今後的做法，也提到村裏幾家難搞的户頭。朱書記說：“難搞，要看怎麽搞？看什麽對象，分配什麽人去動員，這叫一把鑰匙開一把鎖。”

一二一　兩人回到鄉裏，當夜開了個支部會，傳達了區委會議的精神，分析了没有申請的那些農户，决定擴大積極分子隊伍，來搞思想動員，個别串聯。

一二二　接着分配任務，把幾家頑固的分給比較强些的幹部。秀梅要陳大春去動員他的老子陳先晋，大春説："把哪家分給我都可以，就是不敢包他。"秀梅笑着問："看你這個團支書，連親老子也包不下呵？"

一二五　秀梅覺得這樣的婚姻散了也好，月輝也不急不慢地安
了，這樣散場，對你没得害處。”雨生低着頭説：“可是我那
位去勸勸她吧。”

一二三　秀梅想了想説：“那好，包給我，可你也得做工作。謝慶元那組要人相幫，尤其盛佳秀一户要做工作，防她半路縮脚。”李月輝説：“這一户還是讓劉雨生去。”

一二四　大家説得很興奮，衹有劉雨生皺起眉頭不説話。秀梅問起原因，雨生眼圈一紅説：“我老婆提出離婚了。”秀梅沉默了一下又問：“怎麽鬧開的？是不是爲了辦社？”雨生點點頭。

一二七 桂貞勉强把他們讓進去，就談起了離婚的事，月輝勸道："老劉是打起燈籠也找不到的好人呵。"桂貞冷冷地說："他太好了，一天到晚就在外面，家裏没米，竈下没柴，叫我咋辦？去偷！去搶！"

一二八 月輝耐心耐氣地勸了半天，說起那些貪圖享福的地主婆娘，土改時有好些挨了鬥。桂貞發火說："李主席，我没有請你來教訓人，就是挨鬥，也比過這日子好受些。"

一二九 李月輝還是笑嘻嘻的，跟秀梅一同站起身，一邊往外走一邊說：“我曉得你是氣話。常言説，夫妻無隔夜仇，説不定明天你就回去了。”桂貞説：“好馬不吃回頭草，我既出來了，就不打算回去。”

一三〇 他們走出張家，秀梅疑心秋絲瓜在這裏面搗鬼，有心打擊劉雨生辦社的勁頭。月輝説：“難説，他們兄妹祇圖快活日子，也不定另有主意。秋絲瓜常説在城裏没脚路，或許想把桂貞改嫁給城裏的買賣人。”

一三一　這以後的第三天，劉雨生正在鄉政府開會，張桂貞來找李主席，要他開個介紹信，到區上去辦離婚手續。月輝問："雨生同意了嗎？"桂貞說："我不管他，這日子我過不下去了。"

一三二　月輝說："那不行，這是兩方面的事。"桂貞嘟起嘴，袛得等雨生。雨生開完會，面帶笑容，跟大家一起散出來，一眼看見桂貞，臉色頓時變了。

一三五 劉雨生從她的臉色和口氣裏，知道事情已經無法挽回了，嘆了口氣，拿了鋼筆，草草寫了一個離婚申請書。

一三六 李月輝看了雨生的申請書，他老掛着笑的臉上也消失了笑容，轉臉對桂貞説："你也寫一個。是你提出要離婚的，口説無憑，免得將來又後悔。"桂貞説："我死也不悔。"

一四一 雨生邀他們進屋坐。秀梅說："我馬上要到陳先晋家去，没得工夫。我們包幹的幾家都不能緩了，把私事放一放，趕緊進行吧。"提起辦社的事，雨生精神振作起來，三人就分頭做動員工作去了。